W0215749

LES SENTINELLES DE LUMIÈRE

LES SENTINELLES DE LUMIÈRE

Texte de Didier Decoin
de l'Académie Goncourt

Photographies de Jean-Marc Coudour

Postface du P. Thierry Portevin

DESCLÉE DE BROUWER

76 *bis*, rue des Saints-Pères, 75007 Paris
ISBN : 2-220-03865-3

...comme Jonas, je vogue vers mon destin
dans le ventre d'un paradoxe.
Thomas Merton *(Le Signe de Jonas)*

Introït en manière de confiteor

DÈS le premier regard que j'ai porté sur elles, j'ai bien vu que les photos de Jean-Marc Coudour parlaient - je serais tenté de dire qu'elles priaient - d'elles-mêmes. Il m'a semblé que toute espèce de texte pour les accompagner serait aussi importun qu'un raclement de pieds de chaises dans le silence d'or d'un oratoire.

Mais comme l'alouette ne peut s'empêcher de chanter midi, je n'ai tout simplement pas pu m'empêcher de participer à leur lumière.

Au nom de ma foi et de ma joie en Dieu, au nom de ce qui m'a toujours attiré dans le monachisme.

Je n'ai pas cherché à légender ces images. Le texte qu'on va lire n'est donc pas un commentaire, mais plutôt une écoute et un écho : ce qui va être dit n'aurait évidemment pas pu l'être sans la contemplation de ces images elles-mêmes contemplatives.

On jugera peut-être qu'il est paradoxal, voire inconvenant, d'écrire *je* pour parler d'un monde par essence et par vocation communautaire – et auquel, de surcroît, *je* n'appartiens pas.

Mais le *je* de ce texte est un *je* de précaution oratoire : il prévient que les pages qui vont suivre ne sont pas une approche didactique, ni même objective, du monachisme, mais un humble bouquet d'impressions, et souvent d'émotions, toutes personnelles.

Ce *je* n'est pas d'ostentation, encore moins de revendication d'une quelconque compétence : sur ce sujet en particulier, *je* sais d'évidence que *je* ne sais rien, même si, par le plus grand des hasards, une petite vérité a pu inopinément se glisser ici ou là.

Que le lecteur, surtout s'il est plus averti que moi, me pardonne d'avoir joué du clavier de l'intuition plutôt que de celui de la connaissance.

Pourquoi êtes-vous sortis dans le désert ?
(Lc 7,24)

OR DONC, il y a longtemps, par une belle fin d'après-midi, je m'en fus aux moines un peu comme on s'en va aux champignons.

C'était lors d'un pèlerinage familial à Saint-Pierre de Chartreuse où mon grand-père maternel, Georges Charpenay, banquier grenoblois, avait longtemps possédé un grand chalet qu'il avait entièrement peint en bleu pour complaire à ma grand-mère qui raffolait de cette couleur. On n'a plus aujourd'hui de ces délicatesses. Mais il est vrai que ce grand-père était un homme exceptionnel. Il traversa mon enfance auréolé de réputations inouïes, dont la moindre n'était pas d'avoir œuvré à ses risques et périls (il le paya d'ailleurs fort cher, au propre comme au figuré) au retour des Pères Chartreux que la vague d'anticléricalisme du début du siècle avait contraints à s'enfuir jusqu'à Tarragone. Pour dire les liens de confiance qui existaient entre mon grand-père et les Chartreux, ceux-ci avaient choisi de transporter et de cacher chez lui le précieux stock de liqueur verte et jaune qu'ils n'avaient pas eu le temps d'écouler avant de prendre la route de l'Espagne pour un long exil de plusieurs années.

Si, pour la plupart des enfants, le mot religion a un parfum de sacristie humide, de stéarite et d'encens, il est pour moi associé à jamais aux puissants effluves végétaux, aux odeurs de fleurs, de sèves et de racines montagnardes, de cette liqueur des moines que mon grand-père, dans une invite d'une solennité presque eucharistique, me permettait parfois d'effleurer du bout des lèvres – chez nous, l'exquise boisson se dégustait d'ailleurs dans des verres à liqueur qui n'étaient autres que de minuscules burettes d'autel en verre sculpté.

Longeant la rive étroite et glissante d'un torrent, mes jambes nues de petit garçon flagellées et punies par les hautes cagoules urticantes des orties, sautillant par-dessus les grandes bardanes brunes, rêches et épaisses comme des robes de bure, je m'enfonçai à la suite du grand-père dans le désert cartusien. Entre les feuillages clairsemés par l'automne, on apercevait des dévalées chaotiques de roches éclaboussées de cette lumière rougeoyante du soir qui évoquait le feu des alambics et aussi ces hauts fourneaux que les chartreux, maîtres de forges durant sept cents ans, avaient fait ronfler dans le massif, inventant au passage des technologies métallurgiques révolutionnaires dont celle dite « à deux temps » qui consiste à décarburer par l'oxygène un carbure de fer – la fonte, ou gueuse, dont les moines produisaient plus de quarante quintaux par jour.

Les oiseaux lançaient déjà ces petits cris précipités, plus aigus à mesure qu'ils se font plus inquiets, qui annoncent l'imminence de la nuit. Tout en marchant, nous mangions des noix fraîches qui tachaient nos doigts et nous remplissaient la bouche d'une amertume exquise.

Et puis, à une boucle du torrent, on déboucha sur les bâtiments du couvent des chartreux. Bien que la distance entre le monastère et nous fût encore assez considérable, mon grand-père nous intima l'ordre de baisser la voix en signe de respect. Ici, nous dit-il, commençait le royaume des moines. Ici, la montagne tout entière se faisait oratoire. Ici, les frères parmi les plus agiles venaient cueillir certaines herbes mystérieuses nécessaires à la distillation de leur liqueur, ou capturer sous les pierres du torrent les deux ou trois truites vives qui, les soirs de fête liturgique ou de visite d'évêque, seraient employées à régaler la communauté. Régaler, oui, car nous ne devions pas oublier, ajouta mon grand-père qui aimait aussi les nourritures terrestres, que ces mêmes moines, nonobstant le jeûne et l'abstinence, avaient mis au point, au XIVe siècle, une recette délectable à base de petits légumes tendres qui allait donner naissance aux fameuses chartreuses telles que les entend la gastronomie.

Une cloche tintait, sourde et lointaine. Un peu de fumée montait d'une cheminée. Nous restâmes là un moment, tandis que, peu à peu, la montagne autour de nous s'enfonçait dans l'assombrissement du ciel.

Alors, ai-je pensé du haut de mes huit ou dix ans, ce n'est donc que ça, les moines : des murs épais, des toitures sombres, une cloche si ténue qu'un berger n'en voudrait pas pour l'agneau nouveau-né le plus frêle de son troupeau, un filet de fumée – et puis tout ce silence ?

Pourtant, malgré ma déception de n'avoir rien vu des chartreux eux-mêmes, je me souviens d'avoir rapporté de cette « promenade aux moines », de ces instants passés à contempler l'invasion de la nuit qui imprégnait de bleu d'abord léger, puis de gris plus soutenu, puis enfin de vrai noir les austères bâtiments conventuels, le premier sentiment que j'eus jamais de Dieu et de sa capacité déconcertante à nous être à la fois absence et présence.

Ce qui ne m'empêcha pas, de longues années durant, de lui dénier toute existence. Mais quand, dans ma vie, il fit Dieu de façon subite comme pour d'autres il fait jour, je revis aussitôt cette image du grand monastère où quelque chose d'invisible et pourtant d'évident – quelque chose que je pouvais désormais appeler quelqu'un – était enchâssé et irradiait la montagne, le sentier, le torrent.

Qui nous roulera la pierre
hors de l'entrée du tombeau ?
(Mc 16,3)

On chemine dans la vie spirituelle comme on chemine vers les couvents et les monastères : plus on avance, plus on approche d'une muraille.

Peut-être parce que la foi et le cloître sont indissociables de la pierre.

Parce que le christianisme est né autant du signe de la pierre que du signe de la croix.

Car la question terrible que pose la croix dressée sur sa haute colline, sur son lieu-dit « du Crâne », c'est-à-dire en hébreu « Golgotha », la question que pose ce grand gibet de bois dominant le Temple et les humbles mais chaudes et blanches maisonnettes de Jérusalem, les échoppes, les palais, les remparts, les stalles où dorment les ânes et les cages où s'entassent, serrées à n'en plus pouvoir respirer, les petites colombes destinées aux sacrifices – cette question resterait sans solution, cette question resterait désespérante, sans la réponse qui va surgir du tombeau creusé dans le rocher du champ des morts – le sépulcre saint, cette première cellule d'entre toutes les cellules où le Christ fut enseveli, reclus seul à seul avec la mort.

Trois jours plus tard, pour les femmes venues au tombeau dès la pointe de l'aurore afin d'achever d'embaumer le corps atrocement supplicié, la vision de la pierre si lugubre et si lourde, et qui cependant a été roulée, est le premier signe qu'il s'est passé là quelque chose d'inouï. C'est cette pierre déplacée qui est le premier indice de la Résurrection. Dès lors, le tombeau n'en est plus un. En s'ouvrant sur un jardin probablement ensoleillé, en se remplissant de la fraîche lumière de ce matin de Pâques, il devient cloître – et depuis deux mille ans nous tournons autour de ce cloître, nous-mêmes partagés entre l'ombre et la clarté, les uns se lamentant : « On a enlevé mon Seigneur, et je ne sais pas où on l'a mis ! », et les autres s'écriant : « Rabbouni ! », c'est-à-dire Maître.

La roche du sépulcre enchâssait déjà la présence et l'absence. Cette roche fut le premier couvent, éperdument austère, éperdument nocturne et silencieux, où Dieu, penché sur son Christ décharné, prononça ses trois vœux éternels à notre égard : le vœu de nous pardonner, le vœu de nous aimer, le vœu de nous donner la vie en éternité.

Du sépulcre aux catacombes et des catacombes aux cathédrales, les chrétiens ont vécu et confessé leur foi en entassant des millions de tonnes de blocs minéraux, de monolithes et de pavés, de stèles et de dalles. Comme si la muraille manifestait l'un des attributs les plus étranges de l'identité de notre Dieu : le Tout-Puissant est un Dieu qui se cache.

Dieu caché dans les ténèbres de l'avant-Genèse, Dieu de Moïse caché dans le tonnerre ou le murmure du vent, Dieu de la Vierge caché dans le ventre de la jeune fille de Nazareth, Dieu nouveau-né caché dans l'étable de Bethléem (ou ce qui en tenait lieu), Dieu pourchassé caché dans le manteau de Joseph fuyant en Égypte, Dieu enfant caché parmi les Docteurs de la Loi, Dieu apprenti charpentier caché dans l'atelier du menuisier, Dieu des noces de Cana caché dans la foule anonyme des invités (jusqu'au moment où…), Dieu au tombeau de Lazare caché derrière ses larmes d'homme, Dieu accusé caché sous sa couronne d'épines et de dérision, Dieu humilié caché sous la luisante coulure des crachats du mépris, Dieu supplicié caché sous les clous de la croix, sous le sang et sous le fiel, Dieu comme nous caché sous les plis du linceul – et puis l'on sait quelle est la suite : Dieu ressuscité caché dans la lumière du jardin...

Les enfants le savent bien : quand on joue à cache-cache, il faut fouiller les cagibis, l'ombre duveteuse des greniers, le verso des arbres. Les religieux ont les yeux de l'enfance : il savent que le Caché n'erre pas au plein soleil, alors ils se rassemblent dans une sorte de pénombre et l'appellent. Il y a du colin-maillard dans ces Laudes et dans ces Matines, dans ces hommes à genoux qui, dans l'obscur des chapelles, sous la ramure figée des voûtes encore engourdies de petite aube ou déjà engoncées de nuit, et eux-mêmes leurs visages encapuchonnés, appellent, encore et encore :

Sur ma couche, la nuit, j'ai cherché
celui que mon cœur aime ;
je l'ai cherché et ne l'ai point trouvé ! [...]
L'avez-vous vu, celui que mon cœur aime ?
(Cantique des Cantiques)

Frappez et on vous ouvrira
(Mt 7,7)

Mais derrière les murs, que trouve-t-on ?

On connaît la vieille accusation, ou plus exactement la vieille suspicion : le monastère serait un lieu dévolu à tous les excès, des plus mystiques aux plus profanes, et donc propice à toutes les névroses, sublimes ou hideuses.

Si d'aucuns se sont enchantés de l'insondable merveille de ces jeunes nonnes extasiées qui semblent s'être enfermées là pour s'y endormir d'une mort précoce à l'âge même où des jeunes filles ouvrent leur premier bal (et pourtant, Dieu sait qu'il y a infiniment plus de religieuses doucement et longuement vieillissantes que de petites mourantes sur fond de lits blancs – mais certaines images ont la vie dure, surtout quand le fantasme s'en mêle), d'autres ont violemment dénoncé d'ignominieuses perversions, des sabbats de moines ivrognes et paillards, des moniales suppliciées, hallucinées, endiablées.

Aujourd'hui prédomine un mélange de molle indifférence, de vague dérision, de curiosité un peu voyeuriste – de celle qu'on a pour les hôpitaux et les prisons.

Au pire, le couvent est considéré comme un échouage tranquille de barques humaines mal charpentées pour le grand large de la vie ; au mieux, on l'apprécie pour son calme rustique, sa nourriture dépurative, ses liturgies si bien mises en scène, son odeur d'encaustique et de linge amidonné, et pour son silence par-dessus tout.

Allons ! il n'y a pas plus d'histoires extrêmes sous les toits des monastères qu'il n'y en a sous les tuiles de nos maisons. Même les chats de gouttière sont sur les deux toitures en proportion à peu près égale. Et les encenseurs sont autant dans l'illusion que les persifleurs : derrière les murs conventuels, il y a d'abord et avant tout des vies d'hommes et de femmes.

Qu'ils aient fait le choix de Dieu n'empêche pas les moines et les moniales de manger ni de dormir, de lire des livres ni d'en écrire, de travailler le houblon, le cassis et l'orange amère, la cire des cierges et le cuir des reliures, de tailler des arbres fruitiers, de greffer des rosiers et de faire des icônes, et aussi des fromages, et d'avoir à gérer, à organiser, orienter et modifier, d'avoir au standard le numéro d'appel des radio-taxis, et le choix de Dieu ne les protège pas des troubles de la vue, de l'estomac ou de la vessie, de la fatigue dans les escaliers, ni de geindre que l'hiver n'en finit pas, le choix de Dieu ne les prémunit pas contre la maladie ni la mort, et ils sont en somme une société humaine comme toute société humaine, ils sont des hommes et des femmes avec tout ce que cela suppose et engendre de grandeurs et de failles.

Et puis, ils rient. Comme tous ceux qui ont eu le privilège de rencontrer des communautés monastiques (parce que, n'est-ce pas, un couvent se rencontre, il ne se visite pas), j'ai été frappé par le rire des religieux. Ce rire qui éclate pour un rien, pour un mot qu'on n'aurait peut-être pas trouvé si drôle hors les murs, pour un petit pois de réfectoire qui roule, indocile, fuyant la fourchette, et que Mère Prieure doit se résoudre à capturer entre deux doigts après avoir (en quel combat inégal !) réussi à acculer l'indiscipliné contre le rebord de l'assiette, pour un éternuement tonitruant en pleines Vêpres, pour des marcassins de l'année qui ont bousculé le grillage et vous font un remuement d'enfer dans le potager, pour l'ouverture d'une lettre dans l'enveloppe de laquelle le correspondant a glissé un peu de sable du bout du monde, *mes bien chères Sœurs, je vous écris de Tahiti*, – ce rire en pluie légère me fait songer au rire de Dieu.

Car Dieu rit, j'en suis sûr, il rit dans son Ciel, il rit dans nos cités, il rit dans les couvents : il a une raison majeure de rire, Dieu, il a vaincu la mort. Mais Dieu pleure aussi quelquefois, j'en suis pareillement sûr. Parce que vaincre la mort n'est pas estourbir la souffrance – il se pourrait même qu'il y ait comme une sorte de lien rémanent entre la fin de la mort un dimanche matin à Jérusalem et cette persistance du douloureux dans le tissu des hommes, mais ceci est une autre histoire.

Toujours est-il que les hommes ont mal ; et Dieu qui sait tout sait cela aussi. Cela surtout, il le sait.

Ainsi, ne pas croire que le religieux a réglé ses comptes avec la foi et qu'il coule désormais des jours tranquilles dans un cocon de béatitude. Demandez aux petites bêtes traquées : la cachette est un moyen, pas une fin. La buse et l'épervier, c'est-à-dire le Doute et le Désespoir, planent aussi bien sous les voûtes gothiques ou romanes des couvents que sous nos criards ciels de néon. Cherchant qui dévorer, bien sûr. Le moine n'est pas un saint, la moniale n'est pas une sainte – ou alors si, quelquefois, mais à quel prix !

Généralement, la sérénité ne fait pas partie de l'équipement des couvents. Mais l'angoisse, oui. Là-bas comme chez nous. Et même sans doute plus invasive là-bas, plus étouffante encore.

Il n'est que de regarder Thérèse Martin. Un siècle après sa mort, sainte Thérèse de l'Enfant-Jésus continue d'apparaître comme la religieuse exemplaire. Ce qui, bien entendu, n'est pas faux. Mais le mythe a brouillé son image au point de faire de cette carmélite de combat, d'empoignade, un petit être sirupeux et mollement heureux : elle le voulait tant, n'est-ce pas, son Carmel – eh bien, l'ayant eu, de quoi peut-elle se plaindre, cette demoiselle normande ? De tousser et de cracher du sang ? Nous en sommes tous là, plus ou moins. Et puis, on l'a canonisée, ce qui a dû lui faire rudement plaisir, pensez donc, à cette petiote...

D'ailleurs, dans les églises, dominant les autels latéraux qui lui sont consacrés, les statues de Thérèse nous la montrent paisiblement figée sous des guirlandes de roses, avec aux lèvres un sourire extatique et doux. La course de cette jeune personne force notre admiration. Voire notre envie. Peut-être même nous fait-elle éprouver une pointe de jalousie : sa fameuse « petite voie d'enfance », c'est comme un tableau de Picasso, on se dit que tout le monde peut le faire. Admettons – mais en ce cas, pourquoi n'y a-t-il qu'une seule Thérèse et un seul Picasso ?

Et puis, et la compassion ? Mais qui a pitié de Thérèse ? Mais qui se rappelle que son charmant sourire, qu'elle réussissait à faire naître au plus fort de ses souffrances spirituelles, pour ne pas parler de celles de son corps, lui demandait un terrible effort pour ne pas tourner au rictus ? Je n'ai jamais vu une religieuse sans entendre en écho, au fond de moi, le cri épouvanté de la petite princesse du Mont-Carmel : *Il me semble que les ténèbres [...] me disent en se moquant de moi : « Tu rêves la lumière, une prairie embaumée des plus suaves parfums, tu rêves la possession éternelle du Créateur de toutes ces merveilles, tu crois sortir un jour des brouillards qui t'environnent ! Avance, avance, réjouis-toi de la mort qui te donnera non ce que tu espères, mais [...] la nuit du néant. »*

Croyez-moi, le religieux cherche comme vous et moi. Pas davantage que vous et moi, il n'est sûr de trouver. L'honnêteté oblige à dire que pour une Thérèse de Lisieux, pour une Élisabeth de la Trinité, pour une Yvonne Hallé, il y eut une infinité de pauvres filles et de pauvres gars qui fermèrent leurs yeux découragés sans avoir rien entrevu du Ciel que les parquets encaustiqués, les reposoirs et les grilles de leur couvent.

Et si le silence de Dieu était plus assourdissant dans le feutré des couvents que dans le tumulte du monde ?

Il y a deux façons de ramasser des nids. On peut courir la prairie les yeux dans l'herbe en espérant qu'un vent de connivence nous jettera le nid au bout des souliers – ça arrive, ça s'appelle la Grâce. Ou encore, on peut grimper dans l'arbre sans attendre le vent, grimper à la force des bras, à la force de l'âme. En s'écorchant rudement, des fois. Un monastère, c'est peut-être un grand arbre de pierre qu'escaladent des hommes et des femmes en quête des œufs des Béatitudes et de l'oiseau Dieu qui les couve.

Le religieux serait donc déjà dans l'arbre, plus proche du nid que vous et moi. Mais tout dénicheur sait bien que, de l'arbre, on peut aussi tomber de haut.

Levez-vous et priez...

(Lc 22,46)

Pour qui vient du grand tohu-bohu du monde, le temps monastique a quelque chose de déconcertant, parfois même de choquant.

Tenez, au hasard et par exemple, au nom de quelle ascèse surannée nombre de Règles conventuelles empêchent-elles encore le moine et la moniale de dormir leurs huit heures d'affilée ? Dieu serait-il de ces insomniaques atrabilaires qui ne supportent pas le souffle régulier des dormeurs, et font exprès d'ébranler la maison, d'allumer les lumières, de claquer les portes pour s'assurer que d'autres partagent sa veille ? Pourquoi ces frileux levers de potron-minet ? Pourquoi, alors que reposent les villes et les champs, ce piétinement de religieux fatigués processionnant vers la chapelle froide ? Faut-il donc bâiller, faut-il donc sentir son menton s'alourdir, pour bien louer Dieu ? Après avoir dit tout son dégoût des sacrifices d'animaux, Dieu prendrait donc plaisir au sacrifice du sommeil et des rêves ?

Réponse possible, sinon probable : le temps des moines rappelle la façon dont, semble-t-il, se rythmait la vie du Christ.

Un rythme parfaitement repérable : malgré leur exigence de concision qui les amène à rogner sur mille et un détails du quotidien (lesquels, pourtant, nous auraient fascinés : qui ne voudrait savoir si Jésus portait vraiment la barbe, de quelle couleur étaient les yeux de Marie, ou si la voix de Simon Pierre était bien, comme nous l'imaginons, toni-truante et rocailleuse ?), les évangélistes abondent en indications, parfois d'une méticulosité inattendue, concernant l'heure à laquelle ont eu lieu les événements qu'ils nous relatent.

Je suis frappé par l'importance, statistiquement parlant, de l'activité et du fourmillement de la nuit évangélique.

Jésus de Nazareth aurait-il été un noctambule ?

Deux des moments les plus bouleversants de l'Incarnation, c'est-à-dire la naissance du Christ et son entrée dans le cycle de sa Passion, se situent durant la nuit. Le troisième événement absolu, la Résurrection, est constaté à la pointe de l'aurore – mais la narration évangélique incite à penser que le miracle même de la Résurrection s'est produit durant la nuit du samedi au dimanche.

Même à propos d'épisodes qu'on pourrait qualifier d'inférieurs, les évangélistes n'omettent pas de préciser que c'est après le coucher du soleil que ceux qui avaient chez eux des gens atteints de maladies diverses, des paralytiques, des démoniaques ou des lunatiques, des lépreux, des aveugles ou des muets, les amenaient à Jésus – sans doute parce qu'il était plus facile d'avoir accès à lui quand il se réfugiait pour la nuit dans une maison amie que lorsqu'il cheminait au milieu d'une foule considérable. C'est au crépuscule qu'a lieu la multiplication des cinq pains et des deux poissons, et c'est à la quatrième veille de la nuit que Jésus, marchant sur les flots, vient à la rencontre du bateau où sont ses disciples, c'est nuitamment que Joseph prend avec lui l'enfant et sa mère et les conduit en Égypte, et c'est la nuit, nous dit Jésus lui-même, que viendra le Fils de l'Homme – *cette nuit-là, deux seront sur le même lit : l'un sera pris et l'autre laissé.*

Quantitativement nombreuses, les références aux heures obscures sont aussi qualitativement parmi les plus émouvantes – ce sont celles où, peut-être, Jésus se « retient » le moins, où il se dévoile et se manifeste le plus volontiers comme Fils de Dieu.

La cadence monastique se retrouve ainsi à l'unisson de la cadence christique.

De toute évidence, Jésus et ses disciples dormaient peu – urgence de la mission, pression jamais relâchée de la part des foules avides de paroles qui sauvent le cœur et de guérisons des corps. Et quand ils parvenaient à sommeiller, le pauvre Jésus et ses pauvres amis, ce n'était pas souvent dans le confort d'un lit. Au jardin des Oliviers, les apôtres vaincus par l'épuisement se sont endormis à même la terre caillouteuse, enroulés dans leurs manteaux. Quant au Fils de l'Homme, on sait qu'il n'a même pas une pierre où reposer sa tête.

A lire les Évangiles, à décortiquer les itinéraires de Jésus et des siens arpentant des chemins montueux et mal tracés dans la broussaille sèche où s'embusquent serpents et scorpions, se déplaçant dans des barques fragiles chahutées par des tempêtes, traversant des bourgades dont ils ne sont pas assurés de ressortir sains et saufs (chaque faubourg a sa réserve de pierres en prévision d'une lapidation toujours possible), affrontant des foules surexcitées, répondant au feu roulant de questions dont chacune est un piège, se faisant bousculer, insulter, étouffer par des malheureux, on devine que les trois années de la vie publique de Jésus de Nazareth furent trois années harassantes.

Ah ! il n'a pas chômé, le fils du charpentier !

Et ils ne chôment pas non plus, les moines !

Pour enclose qu'elle soit dans un lieu unique, la vie religieuse est une vie épuisante. Sous son masque d'eau dormante, le monastère est un lieu frétillant d'intense activité. Comme les disciples passant du maniement des lourdes rames à la distribution de pains et de poissons, et de la recherche d'une maison amie où faire halte (enfin !) à la gestion d'une interminable procession d'éclopés, le moine n'abandonne une tâche matérielle que pour s'atteler à une tâche spirituelle : quand il repose ses mains, c'est son âme qui s'emballe.

Tout monastère est une presqu'île où la finitude des terres pénètre comme une lame dans l'infini de la mer ; où le moine, tel Jacob encore mal réveillé et luttant pourtant avec l'ange jusqu'à la parution de l'aube, affronte le choc énorme et silencieux du divin. Or on sait le destin des presqu'îles : peu à peu, l'océan les use, les ronge et les effrite.

Pourtant, la vie monastique ressemble probablement davantage à la nôtre que n'y ressemblait celle du sous-préfet aux champs. Les couvents sentent ce que sent notre vie, notre quotidien : le poireau et le café, la toile cirée humide après le passage de l'éponge, la lessive et l'odeur de tôle chaude des appareils électriques – car même si l'on n'y regarde pas trop la télévision, les couvents sont équipés de grille-pain, de projecteurs de diapositives, de cafetières à minuterie et d'ordinateurs.

Allons, il n'y a pas de mystères dans les monastères !

Par contre, ça oui, il y a le Mystère, au singulier majuscule.

Et le Mystère est mobile, sinon nomade. Il n'habite pas seulement le tabernacle de la chapelle. En fait, le Mystère accompagne le trajet du moine à travers tout son temps, toutes ses heures du jour et de la nuit. Même si le moine n'en a pas conscience, le Mystère est là tout près de lui, tenace et amoureux. Le Mystère bourdonne autour des ruches du moine apiculteur, il palpite dans le bleu des lavandes du moine parfumeur, il grésille dans le feu allumé sous les bassines de cuivre du moine confiseur et les alambics du moine distillateur, il luit en sourdine dans le fer à dorer du moine relieur, il crépite dans la mousse des bières du moine brasseur, il gémit dans le lit d'infirmerie du moine abattu, malade, mourant – et bien sûr, le Mystère s'épanouit dans la génuflexion, le chant, la prière du moine adorant.

Comme Peter Pan, l'éternel enfant, ne va jamais sans son ombre, le moine, enfant de l'Éternel, ne va jamais sans le Mystère attaché à sa coule.

Aucune liturgie ne m'a autant suggéré la présence du Mystère, c'est-à-dire la présence du Caché, la présence de Dieu, que les quelques nuits que j'ai pu passer dans l'hôtellerie de tel ou tel couvent. Ce n'est pas une présence solennelle ni tonitruante, Dieu est au contraire d'une discrétion de grillon.

Dehors, la neige est tombée, épaisse. Sous la main, le mur est froid. Le murmure d'un Pater, d'un Ave, suffit à embuer les carreaux. Derrière la porte, j'entends ce flux et ce reflux des sandales glissant sur les dalles – c'est un frère ou une sœur qui s'en revient de la chapelle, c'est un frère ou une soeur qui s'y rend. Peu importe l'heure, on ne laisse pas Dieu tout seul : au couvent, Dieu est comme une cicatrice qu'on empêche de se refermer. Tandis que le sommeil commence à m'envelopper, je pense à ce que ce frère ou cette sœur chuchotent à Dieu. Nous prierons sur le monde, m'ont-ils confié tout à l'heure. J'aime beaucoup cette façon qu'ils ont de dire : prier *sur*, plutôt que prier *pour*. Cette formule suppose déjà un regard qui s'est élevé, élargi, un regard envolé : le religieux embrasse le monde, à Dieu ensuite de l'embraser.

Tel l'infirmier de garde lisant le registre où sont portés les noms des entrants, leurs souffrances, les soins à leur prodiguer, le moine récite à Dieu la litanie des innombrables maladies du monde, les enfants affamés, les avions explosés, les condamnés à la mort propre made in USA, sanglés sur leur civière les bras en croix (tiens, tiens, se dit le moine, voyez-vous ça, les bras en croix, ça me rappelle quelque chose), en attente de l'injection de ce cocktail létal qu'a scientifiquement préparé et minutieusement dosé un médecin (mais disqualifié, le médecin), les maisons faites de canettes de bière et de boîtes de lessive emportées par un cyclone, les abrutis de froid, les endormis sous la neige des faubourgs (et pourtant riches, les faubourgs, demandez aux chats errants : il suffit de soulever le couvercle des poubelles), les vautrés dans leur vomi, les violées sur des matelas crasseux, les ceux-ci qui bourgeonnent de tumeurs et les ceux-là dont le sang charrie une crève incoercible, les flagellé(e)s sur la plante des pieds, les bâillonné(e)s, les aveuglé(e)s, les menotté(e)s, les non-entendu(e)s, les non-secouru(e)s, les non-aimé(e)s de toute chair et de tout poil – ô Dieu, interroge le moine éperdu dans le silence de son monastère éteint, de son couvent livré aux abandons de la nuit, jusques à quand enregistreras-tu sans broncher cette comptabilité atroce, jusques à quand accepteras-tu sans hurler, jusques à quand supporteras-tu sans tonner, ô Dieu, ô mon amour, ô mon espérance et mon dernier recours, où donc as-tu tracé la frontière au-delà de laquelle commence enfin ta nausée, ta colère, ta justice ?

Et le frère qui, tout à l'heure, à son frère succèdera, le redira à son tour, cet inventaire du malheur. Tenir Dieu en éveil face à l'univers épouvantablement blessé, c'est une part de la prière monastique.

Une prière d'alerte, qui rejoint celle des envoyés que dépêchent Marthe et Marie auprès de Jésus : *Seigneur, voilà : celui que tu aimes est malade.*

Mais la prière du moine est aussi œuvre de louange, c'est-à-dire d'émerveillement. Alors que les heures passent, et qu'avec elles les monastères du monde glissent de la nuit au jour, et inversement, il y a toujours quelqu'un qui s'agenouille pour s'émerveiller de Dieu – pour s'en émerveiller au nom de l'humanité tout entière.

Ce n'est pas que Dieu ait un quelconque besoin de notre admiration, ni même qu'il ait du goût pour elle, mais je crois qu'on ne peut réellement prier avec foi qu'après s'être ébloui l'âme en prenant conscience de l'infinie splendeur du Seigneur.

Même dans mes heures de rude sécheresse spirituelle, quand aucun mot d'amour ne me vient plus aux lèvres, je retrouve toujours assez facilement cet élan de l'émerveillement. Car toute âme connaît, bien sûr, ces instants déconcertants de l'incertitude. Mais plus Dieu semble lointain, plus sa gloire se détache sur les ruines du paysage effondré. Il y a là quelque chose qui relève de l'étoile éloignée dont la lumière, fût-elle réduite à un infime point de brillance, attire et captive l'œil bien plus que la noirceur immense du ciel alentour.

Que la lumière soit froide n'empêche pas qu'elle soit.

S'il faut éprouver une foi sensible pour prier en paroles, pour dialoguer avec Dieu, je reste persuadé que l'être le plus glacé, le plus déserté et le plus démuni, est encore au moins capable d'adorer : car la magnificence de Dieu se suffit à elle-même, elle percute, enfonce, traverse les ténèbres les plus épaisses.

A la suite du pauvre Job, qui n'a dit de Dieu qu'il était sourd, aveugle, absent et injuste ? Mais il me semble que personne n'a jamais dit de Dieu qu'il était laid. Car même pour ceux qui ne croient pas en lui, il suffit que l'hypothèse de Dieu les effleure pour qu'ils pensent : si au moins Dieu était vrai, alors Dieu serait très beau.

Et c'est pourquoi des hommes et des femmes extrêmement humbles, déjetés, effondrés, et même désespérés, dans les chapelles abîmées de couvents disgracieux (car il en est), ont peut-être pu se demander ce qu'ils faisaient là – mais je doute qu'ils aient jamais douté de l'enchantement de Dieu.

Suivez-le dans la maison où il pénétrera...

(Jn 22,10)

J'ai vu bien des couvents. Des français et des espagnols, des canadiens et des italiens, des belges et des africains, des siciliens, des orientaux, des embrumés, des enneigés, des ensablés. Certains s'appuyaient sur des fondations séculaires, d'autres étaient à peine sortis de terre et fleuraient encore le ciment humide, l'odeur aigrelette des fers spiralés plongeant dans le béton.

Le fait est : il n'y a pas véritablement d'architecture monastique. Encore moins d'architecture mystique. On peut aimer et prier n'importe où – parmi les eucharisties les plus bouleversantes qui aient jamais été célébrées, faisons ici mémoire des messes des camps de concentration, des paroles de consécration chuchotées par des prêtres bagnards, entre deux châlits dans une luminosité de poussière, bénissons ces mains amaigries, tordues, ces mains aux ongles parfois arrachés, étendues tremblantes sur une goutte de jus de raisin, sur une miette de pain noir, dans l'odeur écœurante des sanies, et alors oui, mon Dieu, comme c'était bien le corps de ton Christ, comme c'était bien son sang qu'on t'offrait !

Le langage architectural d'une abbaye est d'abord un vocabulaire de lumière. Il existe des monastères des ténèbres, avec des circonvolutions de souterrains obscurs creusés de niches où des moines se tiennent assis près d'une lanterne sourde, et il existe aussi des couvents tout blancs, pleins d'aurore.

Un lieu de Dieu est constitué d'abord d'une certaine qualité de lumière, d'un certain jeu des lueurs, avant que d'une certaine spécificité des pierres.

La chapelle monacale est un paysage du monde, avec de hautes neiges de lumière tombant en avalanche depuis les vitraux, avec la clairière dorée que font les cierges en buissons, et le vallonnement boisé et la brune luisance des stalles, et le champ blond des chaises paillées qui, comme les épis des vrais champs, ont retenu dans leurs fibres des senteurs de vent – des senteurs d'encens, ici.

Moi, je vous avoue, n'ayant jamais trouvé Dieu que dans le tout-humble, je donne tous les encens, tous les ors et toutes les myrrhes, pour un pétale qui tremble au bord d'une fleur fanée, se détache et tombe sur une nappe d'autel. Pour une petite bougie en fin de vie qui fasseye et s'éteint en grésillant un ultime filament de fumée. Pour une mèche châtain clair, trop souple, indocile, qui s'échappe du voile blanc d'une novice. Pour un café de bienvenue servi dans une moque en terre cuite frappée d'un agneau et d'une croix. Pour cet insecte, un faucheux sans doute, dont les pattes grêles chatouillent le nez d'une sainte Bernadette – bien que façonnée de plâtre, mademoiselle Soubirous, comment faites-vous pour ne pas éclater de rire ? Pour un drap d'hôtellerie un peu rêche et qui sent encore la chaleur du fer à repasser. Pour ce dîner solitaire dans la salle à manger hors clôture, et cette endive brûlante sur laquelle une lamelle d'emmenthal n'en finit pas de fondre, et que me sert une jeune fille jolie qui s'appelle dans le monde Isabelle ou Claire, je ne sais plus, et qui prononcera dans quelques jours ses vœux perpétuels. Pour la froidure inattendue du dallage sous mes pieds nus à cinq heures du matin. Pour le goût délicat d'une hostie faite maison, c'est-à-dire faite couvent. Pour le petit bruit parfait, velouté, de la clé ouvrant le tabernacle. Pour la toux lancinante, déchirante, d'une très vieille moniale. Pour l'odeur fade des dahlias et des grandes marguerites d'automne dans les vases d'autel. Pour le roucoulement inquiet d'un pigeon égaré sous les voûtes de la chapelle. Pour ce stylo bille démodé (pensez donc ! j'avais le même à l'école), retenu par une ficelle effrangée, et qui sert aux fidèles venus de l'extérieur, le dimanche, à écrire sur un grand cahier leurs intentions de prière : faites que mon mari retrouve un emploi, faites que je guérisse de mon cancer, faites que ma famille désunie réapprenne à s'aimer, oh ! cette litanie de malheurs et d'espoirs, oh ! cette confiance, ce livre d'or du dur de la vie que le moine vient chercher et porte ouvert jusqu'à l'autel avec autant de respect que s'il serrait contre lui l'Évangile – mais après tout, le moine a raison : ce cahier plein de fautes d'orthographe, plein de fautes d'existence, n'est-il pas une façon d'Évangile de la Passion du monde ?

Dès lors, c'est la vie de la communauté elle-même qui est architecture. C'est à ces détails qu'on reconnaît qu'une Maison est priante.

Une autre architecture semblable à la lumière, disons à l'éclairage, relève de l'association paradoxale du visible et de l'impalpable, construit le monastère, le fonde au sens propre du mot : c'est l'ordre auquel appartient la communauté.

On ne devient pas seulement moine ou moniale : le choix de la vie religieuse se double du choix d'un ordre.

L'immense famille monastique est à la fois cohérente dans son enjeu (il s'agit de répondre à la proposition du Christ : *Si quelqu'un veut être mon disciple, qu'il renonce à lui-même, qu'il se charge de sa croix et qu'il me suive*, tout le monde s'entend là-dessus), et parcellisée, éclatée dans les moyens qu'elle se donne de répondre à ce projet-défi.

Dans l'histoire du monachisme, innombrables ont été (et sont toujours) les fondations, les règles et les observances. Il y a autant de diversités et d'alternances dans les ordres religieux qu'il y en a chez les fleurs. C'est ainsi que nous rencontrerons des moines-primevères, tels Benoît, François, Dominique et les autres, qui nous annoncent des jours nouveaux, et que nous trouverons des moniales de Noël, comme on le dirait des roses du même nom, et je pense à Bernadette de Lourdes, à Thérèse de Lisieux, à Élisabeth de Dijon, qui font sentir bon l'espérance et la joie de Dieu dans le rigide hiver des hommes.

Les siècles tenant lieu de saisons, et les soubresauts du monde faisant alterner périodes de sécheresses qui brûlent et précipitations qui fécondent, certains ordres, comme en un jardin, vont soudainement éclore en épanouissant des corolles somptueuses et magnifiques, tandis que d'autres perdront leurs pétales un à un, sécheront sur pied et mourront.

Et d'autres encore, qu'on dirait semés par les oiseaux du ciel tellement ils sont inattendus et aléatoires, produiront d'humbles mais époustouflantes petites fleurs – pétales des voiles blancs bordés de bleu des religieuses ramasseuses de moribonds sur les trottoirs de Calcutta, pistils des capuchons bruns ou noirs des frères du dessous des ponts, des moines des habitations de carton, des religieux des terrains vagues, des Pères des recoins de tunnel et des fonds de péniches – dont l'entêtement à trouver Dieu en servant les hommes (et souvent les plus rejetés des hommes, les hommes oubliés jusqu'à l'omission) étendra sur le sol comme un frais tapis pour l'amour.

On pourrait dire aussi que la société monastique s'apparente au vitrail : un assemblage de formes et de couleurs à première vue disparates, hasardeuses, voire anarchiques, dont il faut, pour déchiffrer le dessin d'ensemble, s'éloigner en oubliant les sinuosités du plomb fondu qui, à la fois, sépare et réunit. Une multitude de fragments de verre, mais avec le seul soleil de Dieu pour les faire vibrer, chanter, étinceler, avec la seule lumière de Dieu pour les traverser et lancer leur arc-en-ciel jusqu'au sol de poussière où rampent les hommes. Sans la lumière extérieure qui le magnifie, qui lui donne sens et vie, le beau vitrail ne serait plus qu'une haute fenêtre ternie où frissonnent des papillons de nuit.

Ainsi la rosace de la cathédrale et le monachisme sont-ils le résultat de ce jeu entre la pluralité des sensibilités humaines et l'éblouissante unicité de Dieu.

Cette diversité des ordres religieux se retrouve dans celle des architectures conventuelles, architectures tissées de pierre et de lumière.

Au mitan (peu ou prou) du premier millénaire, saint Benoît, en préférant la prière aux flagellations et la saine fatigue du travail à l'épuisement stérile des privations de sommeil, entend faire naître et cultiver, dans les premiers monastères qu'il fonde, des saints à visage humain. C'est tout l'esprit bénédictin, lucide et tendre, si christique en somme, qui devait culminer à Cluny où le grandiose des constructions n'excluait pas une attention attendrissante au quotidien dans ce qu'il a de plus trivial, Cluny où les latrines avaient soixante-dix pieds de long (le réfectoire n'en alignant qu'une petite vingtaine de plus, c'est dire...) et étaient équipées de quarante-cinq sièges bien éclairés et aérés chacun par une petite lucarne, Cluny où la vaisselle des malades était lavée dans une pièce réservée, et où les moines et les moniales disposaient pour leur hygiène de quatorze bains-étuves.

En choisissant une voie plus délibérément ascétique, saint Bernard fait des monastères cisterciens un hymne au dépouillement de la pierre (laquelle est toutefois assemblée avec un sens admirable de l'équilibre et de l'harmonie, dans un jaillissement fort et serein qui a, déjà sur le chantier abbatial, quelque chose d'une prière), à la rude pureté du lin dont il revêt ses frères, à la froidure du fer des candélabres, et à la nudité du bois dans lequel sont taillées les croix. L'originalité cistercienne, c'est l'originel. Le fondateur de Clairvaux fait travailler les irruptions de la lumière blanche, celles du jour que n'enlumine aucun vitrail, un peu comme il fait tailler la pierre : dans une même quête de l'élan, de la transcendance, il recherche et sculpte une lumière qui soit en somme de transfiguration. Alors que la lumière bénédictine est douce, presque généreuse, qu'elle est une clarté utilitaire et naturelle destinée à habiller la vie humaine, la lumière cistercienne, en se soumettant aux lois de la pierre, de la rigueur et de l'austérité des abbayes, semble plus indifférente aux besoins primaires des hommes, elle adopte une fonction plus détachée, plus spirituelle. Elle n'éclaire pas nécessairement ce qu'il faudrait là où il le faudrait, mais elle a quelque chose à révéler de l'incommensurable de Dieu.

Pour saint Bruno, le fondateur des chartreux, la première exigence architecturale sera celle de la solitude. Le chartreux est à la fois ermite et cénobite, ce qui suppose un équilibre des plus délicats. Sa cellule est un mince lieu de retraite et d'isolement, le moine n'en sortant que pour quelques rendez-vous communautaires comme la messe, les vêpres ou le chapitre, et recevant sa nourriture par une ouverture ménagée dans le mur ; mais les cellules sont aussi un espace de travail et de méditation, d'où leur disposition quasi alvéolaire, en manière de ruche, autour d'un cloître, chaque cellule disposant d'un carré de terre que le moine doit faire fructifier, et toutes ayant vue sur le cimetière afin de remémorer aux frères qu'ils sont appelés à la poussière. Grenue, terreuse, parfois fade et brouillée, la lumière chartreuse est souvent insignifiante dans les cellules, cependant qu'elle éclate, radieuse jusqu'à l'insoutenable, dans le ciel grand ouvert au-dessus du monastère, comme pour rappeler l'obscurité de la nature charnelle confrontée à l'éblouissement de la nature divine.

Deux autres familles religieuses, pourtant d'influence majeure, n'ont pas eu de réelle préoccupation architecturale : les franciscains d'une part, en ce qu'ils donnent à l'attention à l'univers, à la nature et à la création, et donc à l'action sur le monde, une sorte de prédominance sur la pure recherche intellectuelle, et d'autre part les dominicains en raison de leur vocation de prêcheurs, de leur présence missionnaire aux hommes à évangéliser.

Pour les fils et les filles de saint Dominique, un kilo de papier a toujours pesé plus lourd qu'un kilo de granit. Forcément, j'ai tendance à les comprendre.

Pour les enfants de saint François (et de sa petite sœur Claire), l'abri conventuel a toujours moins compté que ses hôtes du temps d'une nuitée, du temps d'une aventure – la lueur blanc cendré de leur Sœur Lune ou le clin d'œil lourd et jaune de leur Frère Hibou, la brûlure de leur Sœur Fièvre ou le cri flûté de leur Frère Crapaud, la fraîcheur de leur Sœur Inondation ou le remuement d'entrailles de leur Frère Choléra ; car, aussi étrange et dérangeant que soit le mendigoteur, François et Claire n'ont jamais songé à fermer leur porte à qui que ce soit.

Il y a un peu de tout, et un peu de tous, et donc beaucoup de Dieu, et même infiniment de Dieu, dans l'hôtellerie franciscaine comme dans l'école dominicaine. La spiritualité de ces deux ordres est orientée, me semble-t-il, vers une sorte de jubilation qu'on pourrait dire liée au jeu des rencontres : franciscains et dominicains sont des religieux des chemins creux et des autoroutes, ils s'y retrouvent mieux que moi dans le dédale des zones industrielles et dans celui des fermes essaimées à travers champs, ils sont des moines et des moniales du passage, du voyage, de l'échange. Le symbole de leur engagement n'est pas dans la pierre dressée, mais dans la poussière volante des sandales. Ils n'ont besoin d'aucun environnement monumental pour prier ou s'exprimer : pour dire le Ciel de Dieu, le ciel du soleil et des nuées leur suffit.

Pour François d'Assise, tout n'a-t-il pas commencé par une pauvre petite église ruinée, humiliée par l'invasion des broussailles, les vipères et les déjections des animaux ?

Et pour Dominique de Caleruega, tout n'est-il pas né lors d'une rude traversée des terres occitanes alors fascinées par le catharisme, sur des sentiers mal tracés, ravinés, flambés par le soleil, à l'ombre des châteaux des « parfaits » ?

Aussi, au hasard de leurs monastères, la lumière franciscaine et dominicaine sera-t-elle toujours plus spontanée, plus dansante, moins conditionnée que partout ailleurs. Mais pour être sauvageonne, elle n'en sera pas moins belle.

Et puis, il y a le Carmel – ah ! le Carmel, c'est peu dire que je l'aime…

On sait que l'ordre doit son appellation à une montagne de Palestine, d'ailleurs pas bien haute, où avaient supposément vécu des anachorètes. Au XIIe siècle, les premiers Carmes, qui s'appelaient alors les frères de Notre-

Dame, furent plus ou moins les successeurs de ces ermites, jusqu'à ce que la débâcle des Croisés les force à regagner l'Europe.

L'ordre est contemplatif – ce qui n'empêcha pas sa réformatrice historique, l'époustouflante sainte Thérèse d'Avila, de passer probablement au moins autant de temps à chevaucher des mules sur les routes d'Espagne qu'à prier dans le silence des oratoires.

Mais si la contemplation carmélitaine passe par un refus du monde, elle n'est pas privée d'affectivité. D'ailleurs, ce refus du monde n'est pas un déni, et il est très émouvant de voir à quel point, depuis leur cloître, des carmélites comme Thérèse de Lisieux ou Élisabeth de la Trinité (et tant d'autres aussi, qui sont restées ignorées des hommes, mais certainement pas de Dieu) furent attentives à des préoccupations « du dehors » : elles se penchaient sur les victoires ou les difficultés d'une vie sacerdotale, elles priaient pour la réussite d'un examen, d'une intervention chirurgicale, d'un voyage lointain, elles s'intéressaient aux progrès d'un ouvrage de couture, à des résultats scolaires.

En fait, malgré les épreuves de purification inhérentes à toute vie contemplative (soudaine et parfois durable aridité de l'oraison, angoisses culpabilisantes et desséchantes, engloutissement dans le vertige de la nuit spirituelle), carmes et carmélites tendent, presque obsessionnellement, vers la joie de l'amitié avec Dieu – et le mot amitié n'est pas banal, quand on songe qui est le partenaire de cette amitié !

Cette joie du Carmel n'est ni infantile ni batifolante, parce que la mystique carmélitaine a vite fait de dépasser le sensible, mais elle reflète, déjà sur cette terre, les fulgurances merveilleuses de la « pierre précieuse », du « trésor » dont Thérèse d'Avila pensait qu'il méritait, ô combien, qu'on s'enfonçât, pour le trouver, dans la mise en abstraction du monde et la plus profonde solitude.

Les hommes ont follement creusé les montagnes dans l'espoir d'en tirer de l'or et des gemmes. A l'instar de ces montagnes, mais à une altitude qui dépasse infiniment tous les sommets terrestres malgré les pauvres centaines de mètres que lui accordent les géographes, le versant monastique du Mont-Carmel est lui aussi un pays de prospecteurs, de fouisseurs, de découvreurs et d'arracheurs de précieux, un pays de chercheurs et de chercheuses de Dieu. Pour les carmes et les carmélites, il n'y a qu'un enjeu – et c'est tout simplement, pour reprendre les dernières paroles de la petite Élisabeth de la Trinité : la Lumière, la Vie, l'Amour.

Dès lors, on comprendra que les couvents du Carmel puissent être indifféremment charmants (c'est le cas de Flavignerot, au-dessus de Dijon, qui est un endroit tout de fraîcheur et de gaieté, et de certains monastères espagnols qui ont cette chaude beauté des guitares sèches) ou arides et sans grâce. Après tout, ça n'a qu'une importance relative, puisque le monastère carmélitain est d'abord un puits de mine qui vaut surtout par ce qui s'y découvre enfoui au plus profond. Dès lors, on se souciera peu que cette « mine » soit harmonieuse ou non, obscure ou éclairée *a giorno*. La vraie lumière carmélitaine vient du dedans, de la vibration même des vies intérieures des moines et des moniales. Si on y est sensible, cela peut provoquer jusqu'à une impression d'éblouissement au plus profond de la nuit.

J'ai connu cet éblouissement. Je le retrouve parfois, certains soirs, quand la campagne est plate, silencieuse et languide, sous la pesanteur bleue de l'obscurité hivernale, et qu'un mot du Christ, qui est souvent une parole des Béatitudes, revient cogner comme un petit oiseau affolé (et affolant) contre le carreau de ma mémoire.

Parce que regardant, ils ne regardent pas
(Mt 13,13)

Depuis que j'ai risqué une biographie d'Élisabeth de la Trinité, et surtout depuis que j'ai voulu prolonger ce petit livre en rencontres et partages publics sur la vie de la jeune carmélite de Dijon (son histoire et son message sont pour moi ce que la mer est aux poissons : espace infini de liberté, de nutrition, de vitalité), la question du sens et de l'utilité du cloître m'a été maintes fois posée. J'ai dit, et je maintiens, que je ne m'estimais pas qualifié pour y répondre.

La vie religieuse est en effet une aventure infiniment trop personnelle, un appel trop nominal de Dieu à une personne trop unique, pour qu'un simple témoin extérieur (et ô combien extérieur !) puisse prétendre expliquer, et encore moins justifier, la signification et les résultantes d'un pareil engagement.

Mais ce qui me frappe, c'est de constater que cette interrogation, ce lancinant « à quoi ça sert ? », se porte presque toujours sur le seul monachisme chrétien qu'on a vite fait d'apparenter à une forme de désertion face à un monde incompréhensible et redoutable, voire d'amalgamer à une psychopathie de type masochiste. Le moine bouddhiste se voit rarement accusé d'être inutile ou dépassé.

Et pourtant, ne fût-ce que dans leur même défiance à l'égard du monde et de ses attraits supposés et frelatés, dans leur même revendication de pauvreté et de compassion, ces deux monachismes, le chrétien comme le bouddhiste, ont davantage de points communs que de divergences. Là où le fleuve orange se sépare et se disjoint du fleuve de bure, c'est lorsqu'il s'agit de nommer Dieu et, surtout, de le caractériser : d'un côté le Bouddha et l'impermanence, de l'autre le Christ et sa promesse d'éternité.

J'en conclus que le problème du monachisme chrétien est aujourd'hui probablement mal posé. Qu'il n'est peut-être pas à considérer au plan de ce qui est perçu, mais du point de vue de celui qui perçoit. En somme, que ce n'est pas tant le moine ou la moniale qui font question que ceux qui les regardent.

Ce n'est pas le religieux qui est incompréhensible, c'est celui qui l'observe qui ne comprend pas. Ou plus exactement : qui ne comprend plus.

Car il se peut que notre société ait perdu le sens de la transcendance en perdant le désir audacieux et bouleversant de trouver Dieu. Ce qui aujourd'hui paraît à certains tellement déroutant chez le moine, et parfois jusqu'à l'impression de scandale, ce n'est pas le moine : c'est Dieu.

On assiste en effet à une sorte de transfiguration à l'envers – donc de défiguration : Dieu se voit peu à peu dépouillé de sa liberté, on le plie, on le moule, on le modélise, on le force à devenir logique, c'est-à-dire parfaitement compréhensible.

Pour être respecté – qui parle encore de l'adorer ? – il doit pouvoir être enfermé, contraint dans les limites de l'entendement humain : Dieu prisonnier de l'homme, pensionnaire d'un triste jardin zoologique où sa différence est peu à peu acclimatée, domptée.

D'ailleurs, en laissant courir le Mal en liberté – alors que dans nos jardins publics, même les chiens gentils sont tenus en laisse –, Dieu n'est-il pas un coupable, ne se conduit-il pas comme un criminel qui mérite d'être mis hors d'état de nuire ? On l'insulte un peu moins qu'aux temps de l'anticléricalisme virulent, sans doute, mais on le met en examen, on le somme de rendre des comptes. Qu'il s'explique donc sur la violence faite aux innocents qui n'ont plus les mains pleines mais les mains liées !

Puisque l'homme a désormais raison de (presque) tout, il dénie à Dieu le droit d'avoir d'autres raisons.

Dieu, ironise l'homme, n'est plus qu'un pauvre Icare condamné à tomber, à s'engloutir dans les abysses pour avoir préféré voler sur des ailes absurdes, des ailes en bois de croix, plutôt que de prendre passage sur un appareil cohérent né de la main et de l'intelligence de l'homme, et géré par une compagnie aérienne réputée.

Et le silence de Dieu sur le Mal n'est qu'une des pièces du dossier d'accusation.

Dans notre monde d'hyper-communication où chacun sait tout de l'autre, nous admettons difficilement que Dieu persiste à nous faire encore des cachotteries sur – notamment – le sujet le plus intéressant qui soit : y a-t-il une vie après la mort et, si oui, à quoi ressemble-t-elle ? Le mutisme de Lazare sortant tout chancelant de son tombeau, tout empêtré encore dans ses bandelettes, nous est tout simplement intolérable : enfin quoi ! voilà un homme comme vous et moi qui a eu la chance inouïe d'être mort pendant quatre jours (et bien mort, s'il vous plaît, car on nous précise qu'il « sentait » déjà), qui est rappelé à l'existence, et qui n'est même pas fichu de nous divulguer l'ombre d'une petite révélation sur l'Au-Delà ? Comme on ne peut pas reprocher aux Évangiles d'être un journal mal informé, il faut en déduire que Lazare a reçu des ordres supérieurs : taisez-vous, Lazare !

Si Dieu a un Ciel, et si ce Ciel est notre héritage potentiel, pourquoi Jésus ne nous a-t-il pas dit quelle apparence il aurait ? Un tel mutisme devant la plus légitime des curiosités de la race humaine, cela ne relève-t-il pas de la taquinerie exaspérante et gratuite ? Voilà une attitude qui vous ferait douter de Dieu.

Et c'est d'ailleurs ce qui est arrivé : le monde doute.

Moins de l'existence d'un Dieu comme principe créateur et régulateur, que de l'existence d'un Dieu personnifiable.

Mais pour vous, qui suis-je ?

(Lc 9,20)

Pourtant, Dieu est une personne.

Disons un être, si l'on préfère ce mot qui a l'avantage de n'entraîner aucun anthropomorphisme. Un être, ça se façonne à volonté, c'est ectoplasmique ou solide, ça vous cause en paroles qui font vibrer l'air ou en transmission de pensée, ça vous a au choix une allure de grenouille pesant quelques grammes ou d'étoile obèse, c'est un tonnerre ou un frémissement dans le groseillier au fond du jardin, enfin c'est toute forme, toute substance, tout état qu'il vous plaira d'imaginer.

Seule exigence : un être, c'est vivant.

Moi, je n'ai jamais réussi à imaginer Dieu, je me contente de croire en lui.

J'affirme son existence de personne entendante, d'être loquace. J'ai la certitude qu'il nous est attentif, que nous sommes même sa seule attention, son unique obsession. Mais c'est vrai, je ne sais pas quel est le parfum de son souffle, ni le bruit de son rire, ni la force de son étreinte. Je le saurai un jour. Un jour, nous le saurons tous.

En attendant, je crois que j'aime assez cette forêt étouffante et pleine de noir où je me déplace en me cognant à des arbres dont les cimes me dissimulent jusqu'à l'éventualité du ciel. Oh, j'ai peur, bien sûr. Quelquefois, et même souvent, j'ai très, très peur. J'ignore ce que je fais, aveugle dans la forêt, et pourquoi toutes ces ronces me déchirent au passage. Je ne sais pas jusqu'où s'étend ni à quoi sert la nuit qui n'en finit pas. D'autres errants, d'autres égarés, d'autres Petits Poucets comme moi me demandent : « Mais es-tu seulement certain qu'elle se dissipera un jour ? Nous sommes déjà passés par là, nous avons déjà buté contre cette racine, déjà trébuché dans cette ornière. Et si, au lieu que ce soit Dieu, c'était l'absurde qui était infini ? »

Il y a quelques années, j'ai entrevu une lueur dans le lacis des ramures de la jungle. « Es-tu sûr, m'a-t-on dit, qu'il ne s'agissait pas de l'éclair d'or de l'œil d'un fauve, de la luisance fugitive d'une canine ? Tout homme n'est-il pas Œdipe, et toute l'histoire d'Œdipe n'est-elle pas celle d'un homme qu'on abuse ? »

Seulement voilà, si douce était la lueur, si merveilleusement tenace est sa mémoire, si violent le désir de la revoir…

Je suis sûr d'une chose – au moins d'une : la lumière était dans les ténèbres, et les ténèbres ne l'ont pas arrêtée. Au non-sens asphyxiant de la forêt aveugle répondra un jour le sens de Dieu. En attendant, je comprends que j'aurais tort d'essayer de comprendre – de toute façon, j'ai gardé un côté enfant des sapins de Noël : plus les paquets cadeaux sont biscornus, plus indéchiffrable est leur contenu, et plus délicieusement frissonnants sont la marche vers l'arbre illuminé et cet instant, cet instant qui dure toute une vie, où la main s'avance, touche une extrémité du ruban et commence à tirer pour défaire le nœud…

Ce ne sont pas les moines qui ont inventé Dieu, c'est Dieu qui a suscité les moines. Comme l'aimant attire irrésistiblement les paillettes métalliques, et leur confère lorsqu'elles s'approchent de lui quelque chose de sa force magnétique.

Dans le fond, ce n'est pas ce choix de vie austère et de sacrifices que fait le moine qui est le plus déroutant – c'est qu'il fasse ce choix à la suite de l'appel silencieux que lui lance quelqu'un d'invisible. Ce qui me touche profondément dans le monachisme, ce n'est pas que des hommes et des femmes soient capables de se conformer à une règle exigeante, voire héroïque dans certaines circonstances comme le furent – comme le sont encore dans certains pays – les temps de persécutions. D'autres hommes et d'autres femmes ont été héroïques sans être religieux – ce ne sont pas les obstacles qui font le coureur de haies. Mais vraiment, ce qui ne laisse pas de m'étonner, c'est l'appel, c'est la vocation. C'est cette certitude, parfois précoce, d'un Autre et d'un Autrement, et d'un Ailleurs, qui me subjugue. Et qui me fait tenir pour dérisoire la question sur l'utilité et le sens de la vie monastique : l'appel étant de Dieu, Dieu sait ce qu'il fait, et pour quels fruits il appelle l'arbre à la vie et à la croissance.

J'avoue que la petite graine qu'on enfouit dans l'humus et qui porte en elle la promesse d'un grand arbre m'émeut bien davantage que l'arbre accompli qui me rappelle la graine lilliputienne d'où a jailli et forci son tronc, d'où se sont élevées et tendues ses branches vers les quatre horizons, d'où se sont déployés ses vastes feuillages pleins de vent, de miroitements de lumière et d'oiseaux.

Et votre joie, nul ne vous l'enlèvera

(Jn 16,22)

Et puis les fruits du monachisme sont palpables, qui ont souvent le goût de lumière et d'enfance – et de la nostalgie de quel Eden ? – des jardins enbleuis par l'été. Enfin, certains d'entre eux : de toute façon, l'arbre est bien trop élevé pour qu'on puisse en discerner tous les fruits, en particulier ceux des branches tout en haut, qui, plus généreusement, plus librement offertes au soleil, sont forcément les plus beaux tout en étant les plus inaccessibles.

Ne fût-ce qu'au plan de la personne humaine, c'est-à-dire au plan de l'accomplissement de tel ou tel destin individuel, les fruits sont abondants et savoureux.

Au-delà du langage exaltant des architectures monastiques, de la tranquille splendeur des liturgies et des chants qui nous emportent, au-delà de l'évidente exemplarité de certaines existences, et sans tenir compte des réputations de sainteté ni des miracles post-mortem dont l'authenticité est difficile, sinon impossible, à démontrer, il y a ce fruit qui est le visage du moine et de la moniale.

Dans ce visage, dans cette pulpe, il y a le regard.

Et dans ce regard, il y a – oh ! je ne dirai pas « toujours », mais je dirai « souvent, si souvent » – une expression de joie qui n'a jamais laissé de m'étonner.

Je ne parle pas du bonheur, lequel est un état soumis à l'équilibre, dépendant de l'harmonie entre l'intériorité d'un être et les circonstances extérieures à cet être, et qui donc est un état que l'on peut comprendre et raisonner. Non, non, je vous parle de la joie, ce sentiment irréfléchi, irresponsable, qui peut éclater même au milieu d'événements atroces, et qui nie justement, et absolument, le postulat du bonheur comme celui du malheur.

Pour exister, le bonheur a besoin de s'enraciner, de se nourrir d'une terre concrète, tangible et riche – la paix, la santé, la prospérité. Le bonheur est humain, tandis que la joie, qui est divine, n'a ni faim ni soif, c'est une petite alouette, aérienne, déliée, affranchie de tout, libre infiniment. La joie n'exige aucune preuve de rien, la joie se joue des contradictions, des paradoxes et des impossibles, la joie est inexprimable tout en étant l'expression même de Dieu en l'homme qu'elle transfigure.

La joie est un peu l'équivalent pour nous autres de cette sensation irrépressible qu'éprouve Élisabeth, vieille femme miraculeusement enceinte, proche parente de Marie, en voyant celle-ci se présenter chez elle : *Dès que la voix de ta salutation est arrivée à mes oreilles, l'enfant a bondi d'allégresse dans mon ventre.*

Saint Luc, avec cette attention attendrie aux symptômes qui trahit le médecin qu'il était, nous précise qu'Élisabeth a poussé un grand cri – de surprise, probablement, en constatant que l'enfant qu'elle portait malgré son âge avancé et contre toutes les prédictions des matrones (ne l'appelait-on pas la stérile ?) était bien réel et bien vivant. On imagine qu'une rougeur subite monta au visage d'Élisabeth, et qu'elle eut le réflexe charmant de poser ses mains ridées sur sa robe, là où son bébé venait de ruer.

Comme l'enfant imprévu au ventre d'Élisabeth, la joie est un fruit inattendu et bondissant. Elle va au rebours des normes et des prévisions, elle est originale, elle est indomptée. Elle n'a rien d'appliqué ni de prémédité : elle est.

Et c'est cette joie qui se lit dans les yeux de nos frères moines, c'est ce bondissement intérieur qui se déchiffre sur les visages de nos sœurs moniales.

Je me rappelle cet après-midi à Montréal, où j'avais accordé une interview (là-bas, ils disent une entrevue) à une importante publication catholique. La journaliste qui m'interrogeait était une jeune Québécoise fort jolie, et ses questions étaient parmi les plus pertinentes qui me furent jamais posées – pas seulement du point de vue spirituel, mais du point de vue littéraire aussi.

A la fin de l'entretien, je lui ai demandé si elle prévoyait de venir en France, car j'aurais été heureux de la rencontrer à nouveau. « Je pense, me dit-elle, que nous ne nous reverrons jamais. » Je lui répondis qu'elle se trompait certainement : car si elle n'envisageait pas de venir en France, moi je faisais souvent le voyage du Canada. « Vous habitez en Normandie, n'est-ce pas ? reprit-elle en souriant. En fait, c'est moi qui vais bientôt me rapprocher de vous – géographiquement s'entend. Mais c'est justement pourquoi nous ne nous reverrons pas : dans quelques semaines, j'entre au Carmel de Lisieux. »

Alors, dans les yeux de cette jeune fille, je vis étinceler la joie que je viens d'évoquer. J'ai balbutié quelque chose comme « Oh ! mais c'est merveilleux ». Elle crut, j'imagine, que je faisais allusion à sa vocation. Bien sûr, il y avait un peu de cela – d'autant que je suis enchanté quand mon Seigneur se choisit des petites épouses particulièrement jolies, cela me semble juste et bon, un peu comme lorsque Marie Noël lui écrit un poème, que Fra Angelico lui peint une simple et fraîche Résurrection sur les murs blancs du couvent florentin de San Marco, ou que Charles Gounod lui compose le Sanctus de sa Messe solennelle de Sainte Cécile. Mais à la vérité, mon émerveillement s'adressait surtout à la flambée de joie qui venait d'irradier le regard de la future carmélite, et qui illuminait soudain cette fin d'un jour très gris sur Montréal, un jour comme un dessin à la mine de plomb, un jour de crépuscule éteint, tout brouillé de neiges suspendues.

En sortant, je me souviens d'avoir grandement déconcerté l'attaché de presse qui me guidait à travers les arcanes du journalisme québécois en lui disant que je regrettais vivement de n'avoir pas emporté de lunettes noires pour me préserver de l'éblouissement que je venais d'avoir – n'ayant pas assisté à l'entretien, il n'avait pas vu le fruit de la joie, le fruit né du rameau carmélitain, se gorger soudain de tous les lambeaux de lumière qui réussissaient à palpiter encore un peu sur Montréal, et en irradier le visage de la bientôt-carmélite comme la pleine lune capte les reflets du soleil et en blanchit la terre au plus fort de la nuit.

Pour moi, des bâtiments chartreux de mon enfance à cette lumineuse petite fille du Québec, le monachisme ne m'a jamais décontenancé. Je ne me demande pas comment on peut être moine ou moniale aujourd'hui – je sais une réponse :

Et six jours après, Jésus prend avec lui Pierre et Jacques,
et Jean, et les emmène sur une haute montagne, à l'écart,
seuls. Et il fut transformé devant eux, et ses vêtements
devinrent éclatants, d'une blancheur extrême, tels que
foulon sur terre ne peut ainsi blanchir.
(Mc 9,2-3)

La main du Christ qui prend la main de quelques-uns et de quelques-unes, et puis une hauteur, et puis une solitude, et puis une lumière tellement éclatante, tellement invasive, qu'on la dirait issue des fibres mêmes du vêtement (alors songez donc comme cela doit étinceler sous l'étoffe, dans la radiance même du cœur !), et voilà, c'est toute l'histoire monastique ainsi résumée dans son éblouissante simplicité à travers un des épisodes les plus secrets, les plus intimes, les plus dérobés de la vie du Christ Jésus.

Un récit de ce qui arrive, tous les jours d'aujourd'hui, sur la montagne de la Transfiguration, autrement dit sur la montagne des carmes et des prémontrés, des cisterciens et des franciscains, des trappistes et des bénédictins, des dominicains et des augustins, des maristes, des ursulines et des clarisses, des dames de l'Assomption et des sœurs de Saint-Vincent de Paul, des petits frères et des petites sœurs des pauvres, des camaldules et des guillemites, des barnabites et des feuillants, des sulpiciens et des eudistes, et puis, et aussi, et encore…

Je veux que là où je suis, moi, ceux-là aussi
soient avec moi
(Jn 17,24)

Ils y sont. Et grâce à eux, nous en sommes nous-mêmes moins loin que nous ne le craignons.
A présent, le texte s'achève.
Le vrai livre, enfin, va pouvoir commencer.
Voici les sentinelles de lumière.
Or donc, entrez et voyez comme elle est belle, l'enfantine et grave lumière de Dieu.

Juin-novembre 1996

LES SENTINELLES DE LUMIÈRE

Photographies

I

LA PRIÈRE QUI EST UN TRAVAIL

A celui qui m'a inspiré ce travail
et qui m'a insufflé la force de le poursuivre

A Celui qui nous aime
et dont rien ne saurait nous séparer

A Sterling King
qui est une lumière dans l'éternité

Et voici,
je suis avec vous tous les jours,
jusqu'à la fin du monde

MATTHIEU 28. 20

Tu n'auras pas d'autres dieux devant ma face

EXODE 20. 3

Il se montra ferme,
comme voyant celui qui est invisible

Hébreux 11. 27

Car auprès de toi est la source de la vie ;
par ta lumière nous voyons la lumière

PSAUME 36. 10

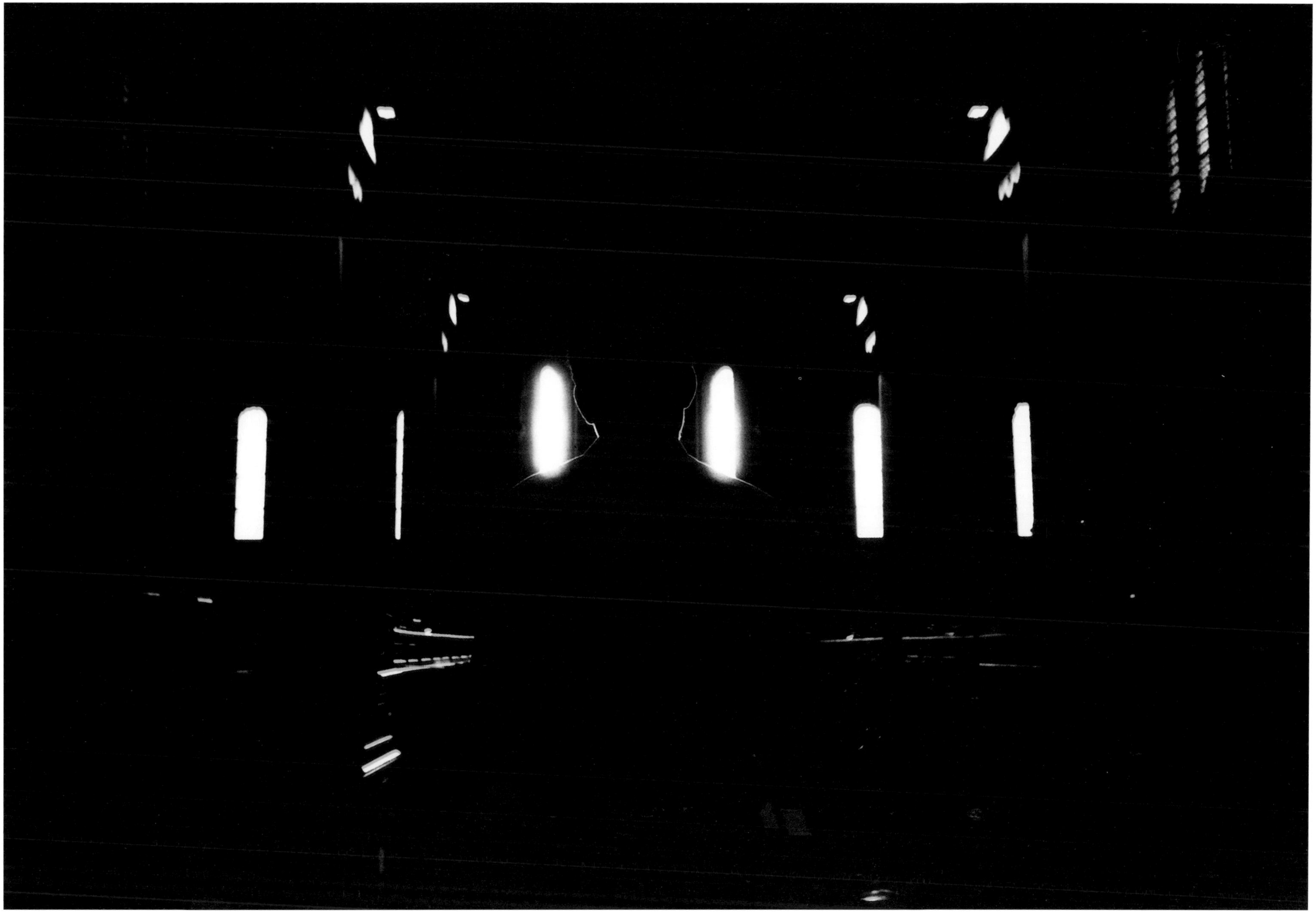

Et moi,
j'ai bâti une maison qui sera ta demeure,
un lieu où tu résideras éternellement !

2 Chroniques 6. 2

Je vis descendre du ciel un autre ange,
qui avait une grande autorité ;
et la terre fut éclairée de sa gloire

APOCALYPSE 18. 1

Nous regardons, non point aux choses visibles,
mais à celles qui sont invisibles ;
car les choses visibles sont passagères,
et les invisibles sont éternelles

2 Corinthiens 4. 18

Heureux ceux qui n'ont pas vu, et qui ont cru !

JEAN 20. 29

Dieu fit faire au peuple un détour par le chemin du désert

Exode 13. 18

Ne crains rien, car je suis avec toi ;
Ne promène pas des regards inquiets, car je suis ton Dieu ;
Je te fortifie, je viens à ton secours,
Je te soutiens de ma droite triomphante

Esaïe 41. 10

SACRARIVM

Je vous laisse ma paix, je vous donne ma paix
Je ne vous la donne pas comme le monde la donne
Que votre cœur ne se trouble point, et ne s'alarme point

JEAN 14. 27

Vous serez dans la tristesse,
mais votre tristesse se changera en joie

JEAN 16. 20

Je suis la lumière du monde ;
celui qui me suit ne marchera pas dans les ténèbres,
mais il aura la lumière de la vie

JEAN 8. 12

II

LE TRAVAIL QUI EST UNE PRIÈRE

SATAM

Toute la loi est accomplie dans une seule parole, dans celle-ci :
tu aimeras ton prochain comme toi-même

GALATES 5. 14

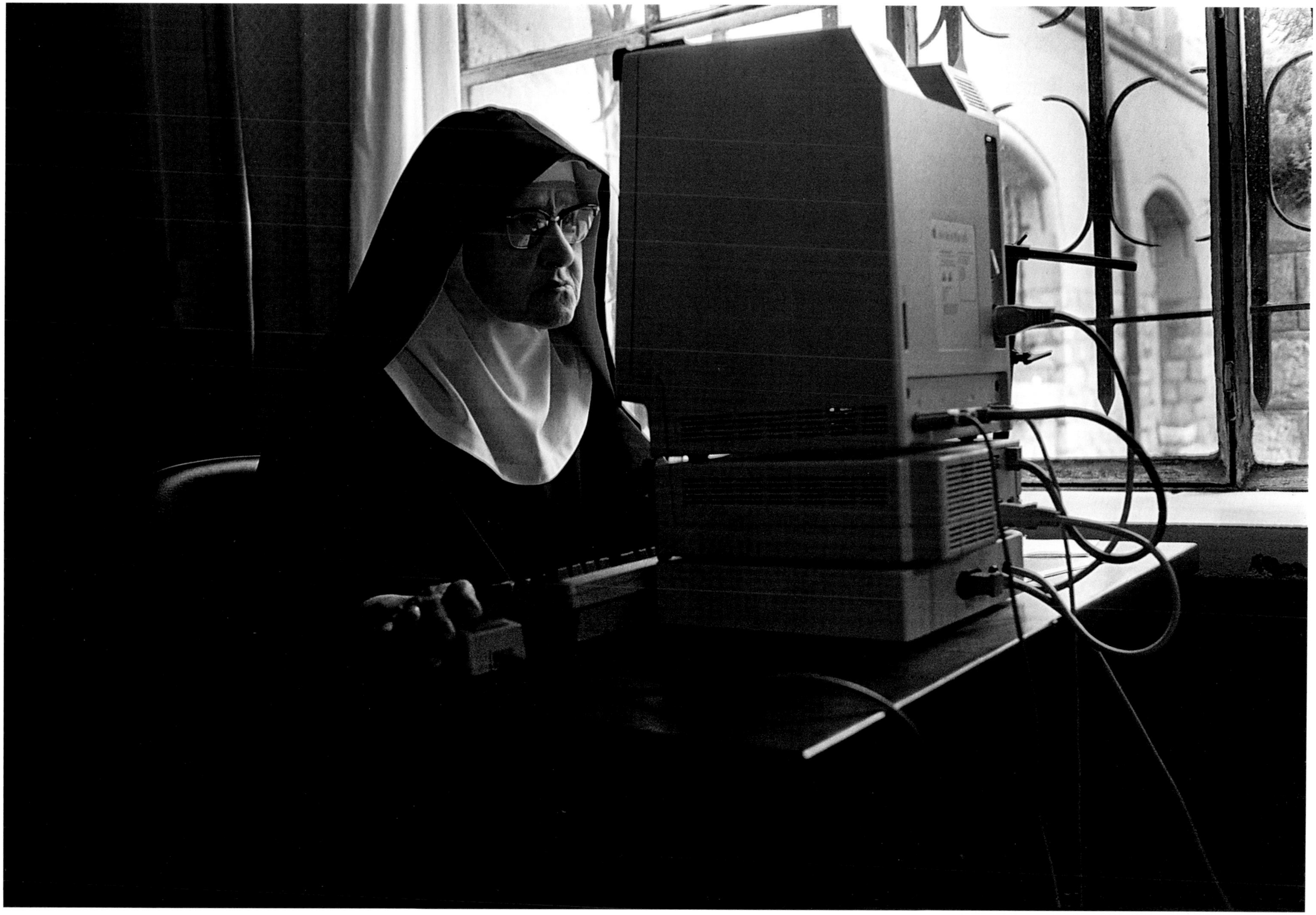

N'oubliez pas l'hospitalité ;
car, en l'exerçant,
quelques-uns ont logé des anges,
sans le savoir

HÉBREUX 13. 2

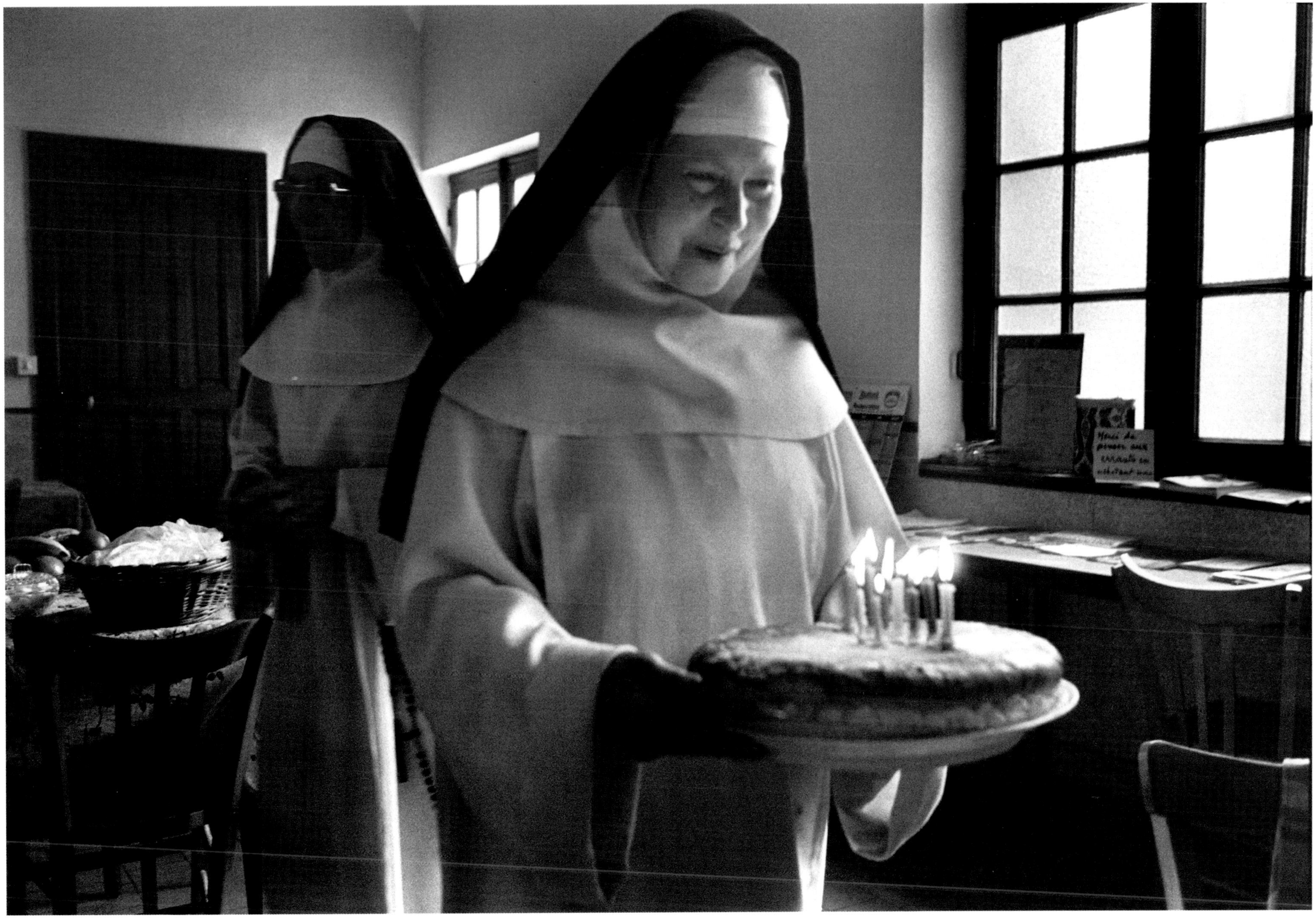

L'homme ne vivra pas de pain seulement,
mais de toute parole
qui sort de la bouche de Dieu

MATTHIEU 4. 4

*Vous connaîtrez la Vérité
et la Vérité vous affranchira*

JEAN 8. 32

MAGNIFICAT

Et tout le peuple entra dans l'alliance

2 Rois 23. 3

Tant que la terre subsistera,
les semailles et la moisson,
le froid et la chaleur, l'été et l'hiver,
le jour et la nuit ne cesseront point

GENÈSE 8. 22

III

VISAGES

Tu es toute belle, mon amie
et il n'y a point en toi de défaut

Cantique des Cantiques 4. 7

Que personne ne méprise ta jeunesse ;
mais soit un modèle pour les fidèles,
en parole, en conduite, en charité,
en foi, en pureté

1 Timothée 4. 12

A chacun la manifestation de l'Esprit
est donnée pour l'utilité commune

1 Corinthiens 12. 7

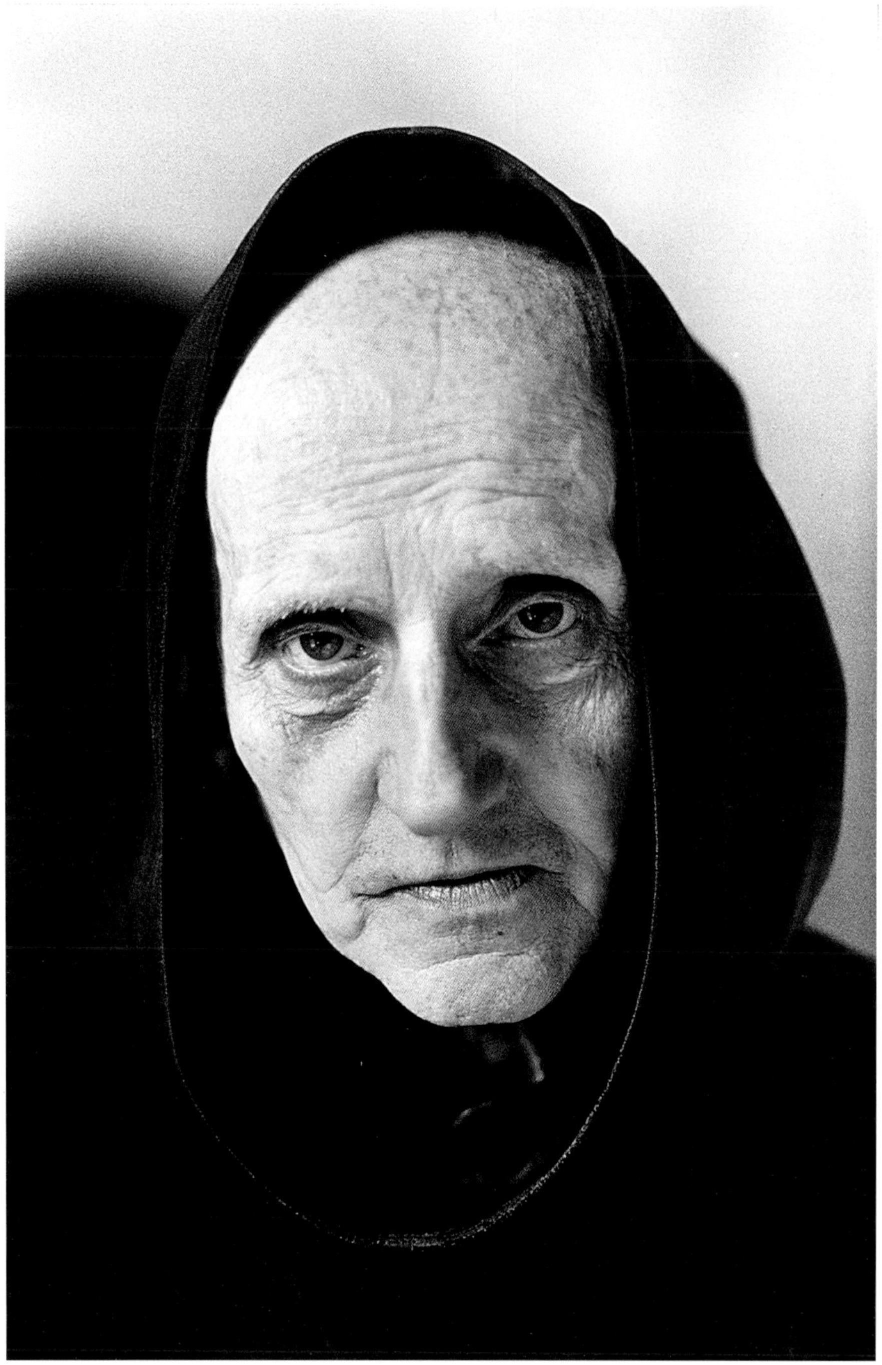

A cause du travail de son âme,
il rassasiera ses regards

Esaïe 53. 11

Je suis l'alpha et l'oméga,
le premier et le dernier,
le commencement et la fin

Apocalypse 22. 13

POSTFACE

« Non, on ne visite pas ! D'ailleurs, il n'y a rien à voir… »

C'est ce que nous répondons à ceux qui voudraient bien savoir ce qui se passe derrière les murs de nos monastères, qui voudraient bien voir qui sont et comment vivent ces hommes et ces femmes qu'ils n'aperçoivent que de l'extérieur, et anonymement rassemblés à l'église ou pour ces brèves rencontres personnelles dans le cadre, en général peu attirant, de nos parloirs.

Avec beaucoup de délicatesse et de justesse, ces photos de Jean-Marc lèvent un peu le voile de ce mystère, aussi bien pour ceux qui ne franchissent pas ces murs que pour ceux qui y vivent. Avec une étonnante connivence et un à-propos toujours respectueux, elles révèlent magnifiquement quelque chose de l'admirable « rien » de notre vie.

Le silence que saisissent ces images et qui se fait en nous quand on les regarde, nous obligeant à nous y attarder, chose qu'on ne fait jamais dans la vie, ou si difficilement toujours pressés que nous sommes par Dieu sait quoi, nous font saisir et découvrir des détails, des gestes, des lumières, des attitudes, qui prennent alors une dimension insoupçonnée. Nous sommes amenés à voir plus loin, à ce qui est long à saisir, parce que cela ne se révèle qu'en se dérobant.

Ces lieux que l'on devine, car on ne les voit jamais pour eux-mêmes ni dans leur ensemble, mais toujours par morceaux et en fonction des personnes qui y vivent,

ces personnes dont le vêtement ne laisse voir que les visages et habille les gestes les plus ordinaires comme les plus recueillis, de cette noblesse d'où est bannie toute recherche comme le souligne la lumière qui les révèle par surprise, ces visages surpris dans leur vérité solitaire, graves sans être jamais tristes, paisibles et lumineux jusque dans leurs rides, ces visages qui par leur regard se donnent sans pour autant se livrer, et nous invitent à voir comme ils regardent,

ces lieux, ces personnes, ces visages, ces regards disent on ne peut plus concrètement le mystère d'une Présence, sans laquelle il n'y aurait ni moines, ni monastères ; ils disent le mystère de ce Visage que ces hommes et ces femmes, ô combien dans le temps et hors du temps, cherchent inlassablement, parfois péniblement, de tout leur être et de toute leur vie ; ce Visage qu'ils n'ont jamais vu mais qui les habite, et dont la lumière, subtile et impondérable vient de l'intérieur se refléter sur le leur, et joue aussi bien avec les grâces de la jeunesse qu'avec les marques d'une longue fidélité.

Ô vous qui passez devant nos murs et aimeriez bien voir à l'intérieur ce qu'il y a, ouvrez à nouveau ce livre : ces photos vous révèlent mieux que vous ne sauriez, sans doute, le saisir vous-mêmes si vous y pénétriez, quelque chose du Visage qui justifie la vie de ceux qui y demeurent et reste, pour ces sentinelles de Dieu, la lumière qu'ils guettent dans la nuit.

P. Thierry Portevin
Abbé Président de la Congrégation de Subiaco
Ancien Abbé d'En-Calcat

Abbaye Notre-Dame des Dombes
Abbaye Notre-Dame d'Aiguebelle
Abbaye Notre-Dame d'Œlenberg
Abbaye Notre-Dame d'Acey
Abbaye Notre-Dame de Timadeuc
Abbaye La-Joie-Notre-Dame
Abbaye Sainte-Marie-du-Désert
Abbaye Saint-Benoît-d'En-Calcat
Abbaye Sainte-Scholastique, Dourgne
Abbaye Notre-Dame-de-Grâce, Bricquebec
Abbaye de Mondaye
Abbaye Notre-Dame-de-Chambarand
Abbaye de Lérins
Abbaye de La Trappe, Soligny
Abbaye Notre-Dame de Melleray
Carmel de Luçon
Abbaye Saint-Nicolas, Verneuil-sur-Avre
Abbaye Notre-Dame-des-Gardes
Abbaye de Bellefontaine
Monastère de la Nativité, Sens
Monastère de Sainte-Claire, Poligny
Abbaye de Saint-André, Bruges (Belgique)
Monastère de la Vigne, Bruges (Belgique)
Abbaye Notre-Dame de Clairefontaine (Belgique)
Carmel de Sens
Monastère de la Visitation, Voiron
Abbaye Notre-Dame de Saint-Rémy, Rochefort (Belgique)
Benediktinerinnenabtei St-Hildegard (Allemagne)
Abbaye Notre-Dame d'Orval (Belgique)
Abdij Maria Toevlucht (Pays-Bas)

REMERCIEMENTS

J'exprime toute ma gratitude
aux Pères-abbés et aux Mères-abbesses qui m'ont permis de réaliser
ce projet photographique sur la vie contemplative au sein de leurs communautés,
et ma reconnaissance aux moines et moniales
qui m'ont offert avec patience quelques instants de leur vie à saisir sur le vif.

Mes remerciements à la Délégation aux Arts plastiques
Ministère de la Culture (FIACRE)
et à la société Kodak-Pathé.

Et pour leur amical soutien logistique,
un profond merci à Gilles Corbi, François Dubourg, Isabelle de Lavenère
Jean-Pierre Michaud, Sylvain Philippeaux et Christian Siméon.

J.-M. C.

LÉGENDES DES PHOTOGRAPHIES

Ce travail a été réalisé en Europe entre 1989 et 1993 dans les abbayes bénédictines et cisterciennes, et des monastères de carmélites, clarisses, dominicaines, prémontrés, et visitandines.

Les citations de l'Ancien et du Nouveau Testament sont empruntées à la traduction de Louis Segond, édition révisée de 1910

Réalisation PAO : Daniel Leprince
Photogravure : Bussière
Papier : Satimat (distribution Papeteries Navarre)
Impression : Imprimerie Darantière
Reliure : SIRC

Achevé d'imprimer
en février 1997
sur les presses de l'imprimerie Darantière
21800 Quetigny
pour le compte des Éditions Desclée de Brouwer
Dépôt légal mars 1997

Imprimé en France